VENTE
Du Mardi 26 Décembre 1911
HOTEL DROUOT, SALLE N° 7
À 2 heures

EXPOSITION PUBLIQUE
Le Lundi 25 Décembre 1911

Meubles & Objets d'Art

TABLEAUX, DESSINS, ESTAMPES

FAIENCES ET PORCELAINES

PENDULES ANCIENNES

OBJETS VARIÉS

TAPISSERIES D'AUBUSSON DU XVIIIe SIÈCLE

M. FÉLIX ALBINET

MM. PAULME & B. LASQUIN Fils

CATALOGUE

Meubles et Objets d'Art

ARMOIRES ET MEUBLES A HAUTEUR D'APPUI

EN ANCIEN LAQUE DE COROMANDEL

TABLEAUX, DESSINS, ESTAMPES

FAIENCES & PORCELAINES

Delft, Marseille, Rouen, Saxe,
Sèvres, Chine, Japon, Zurich, Niederwiller, etc.

PENDULES ANCIENNES

Importante pendule en bronze de SAINT-GERMAIN, Époque Louis XV,
sur socle à musique

OBJETS VARIÉS, SCULPTURES

SIÈGES RECOUVERTS EN ANCIENNE TAPISSERIE AU POINT

SUITE DE TROIS PANNEAUX

EN ANCIENNE TAPISSERIE D'AUBUSSON DU XVIIIe SIÈCLE

TAPIS D'ORIENT, ÉTOFFES

DONT LA VENTE AURA LIEU

HOTEL DROUOT, SALLE N° 7

LE MARDI 26 DÉCEMBRE 1911

à deux heures

COMMISSAIRE-PRISEUR | EXPERTS

Me FÉLIX ALBINET   MM. PAULME & B. LASQUIN Fils

24, rue d'Aumale   10, r. Chauchat, 11, r. Grange-Batelière

PARIS

Chez lesquels se distribue le présent Catalogue

EXPOSITION PUBLIQUE

Le Lundi 25 Décembre 1911, Salle n° 7, de 2 h. à 6 heures

CONDITIONS DE LA VENTE

Elle sera faite au comptant.

Les adjudicataires paieront *dix pour cent* en sus des enchères.

L'exposition mettant le public à même de se rendre compte de l'état et de la nature des objets, aucune réclamation ne sera admise une fois l'adjudication prononcée.

Paris. — Imp. de l'Art, Ch. Berger, 41, rue de la Victoire.

DÉSIGNATION

TABLEAUX, DESSINS
ESTAMPES

ARELLINO

1 — *Fleurs et fruits.*

> Toile. Haut., 1 m. 85 cent.; larg., 2 m. 10 cent.

ÉCOLE FRANÇAISE (XVIIIᵉ siècle)

2 — *Portrait d'Homme debout, tenant un carton.*

> Dessin au crayon.

ÉCOLE FRANÇAISE (XVIII siècle)

3 — *La Cueillette de la treille.*

> Toile.
> Cadre en bois sculpté doré.

ÉCOLE FRANÇAISE (XVIIIᵉ siècle)

4 — *Portraits d'Homme et de Femme.*

> Pastels se faisant pendants.
> Cadres en bois sculpté doré. Époque Louis XV.

ÉCOLE HOLLANDAISE

5 — *Scène devant un cabaret.*
> Toile.

FRAGONARD (D'après)

6 — *Le Verrou et le contrat.*
> Deux gravures anciennes en noir, par BLOT.

LAVERGNE

7 — *Nature morte; fleurs et héron.*
> Toile signée.

LAWREINCE

8 — *Qu'en dit l'abbé?*
> Gravure ancienne en noir, par DELAUNAY. Épreuve sur papier vélin.

LECLERC (DES GOBELINS)

9 — *Femmes au bain.*
> Peinture sur panneau.
> Cadre ancien en bois sculpté Louis XVI.

MEULEN (VAN DER)

10 — *Bataille.*
> Esquisse à la pierre noire.

FAIENCES ET PORCELAINES

11 — Deux petites assiettes en ancienne faïence de Delft, décor corbeilles fleuries, feuilles de fougères, et ornements, en couleurs. Marque à la griffe.

12 — Plat rond en ancienne faïence de Delft, décor polychrome.

13 — Plat ovale en ancienne faïence de Moustiers, décor Bérain en bleu ; marli à lambrequins.

14 — Plat rond en ancienne faïence hispano-mauresque, à reflets métalliques.

15 — Deux assiettes à pâte gaufrée et marli ajouré en ancienne faïence de Marseille, décor branches de rose.

15 — Deux plats et deux assiettes en ancienne faïence de Pesaro, décor à fleurs.

17 — Compotier-coquille en ancienne faïence de Niederwiller, décor à fleurs en couleurs. (Marque.)

18 — Deux bouquetières en ancienne faïence de Rouen, décor à la corne.

19 — Important groupe de quatre figures en ancienne faïence décorée en couleur.

20 — Dix assiettes Chine et Japon, décor varié, en
couleurs.

21 — Petite tasse et soucoupe en ancienne porcelaine de Chine, de la famille rose, décor lambre-
quin et fleurs en couleur.

22 — Soupière couverte et son plat de forme ovale,
deux saucières et un présentoir en ancienne
porcelaine de la Compagnie des Indes, décor de
bouquets de fleurs et filets brun et or.

23 — Assiette creuse, à bord contourné, à pâte
gaufrée, en ancienne porcelaine, décor de médaillons à fleurs réservés sur fond de myo-
sotis.

24 — Assiette en ancienne porcelaine de Saxe,
décor à fleurs, marli gaufré à vannerie.

25 — Groupe : Berger, bergère et mouton, en ancienne porcelaine de Saxe, sur terrasse en
bronze à rocaille.

26 — Service à café en ancienne porcelaine de Saxe,
comprenant : un pot à lait et quatre tasses avec
soucoupes, de forme quadrilobée, à décor de
réserves à sujets dans le goût de Watteau sur
fond vert.

27 — Cache-pot-jardinière, à pâte gaufrée, en ancienne porcelaine de Saxe, à petites gerbes de
fleurs.

28 — Petit hanap en ancienne porcelaine de Saxe, pâte gaufrée, à décor de fleurs.

29 — Petite cafetière en ancienne porcelaine de Hœchst, pâte gaufrée, à décor de fleurs et rocaille en couleur et camaïeu rose.

30 — Verseuse avec son couvercle en ancienne porcelaine de Zurich, à décor de guirlandes et bouquets de fleurs.

31 — Assiette plate en ancienne porcelaine, pâte tendre de Sèvres, décorée au fond d'un médaillon : gerbe de roses en couleur sur fond lie de vin. Au marli, trois médaillons, à fleurs en réserve, sur fond bleu turquoise, rehaussé de palmes et feuillages en dorure.

32 — Petite écritoire en ancienne porcelaine de Paris, décorée en dorure, ornée d'une figurine d'amour et de deux colombes.

33 — Tasse, en forme de rhyton, et son présentoir, en ancienne porcelaine de Paris, décor partie biscuitée et dorure. Le présentoir, marqué de *Darte frères, à Paris*.

34 — Bouillon couvert et son présentoir en ancienne porcelaine tendre, décoré en couleurs.

35 — Deux statuettes de vendangeur et vendangeuse en ancienne porcelaine tendre émaillée blanc.

36 — Aiguière couverte et sa cuvette, de forme ovale, à deux anses palmettes, en ancienne porcelaine de Clignancourt, décor de bordures, festons de feuillages et semis de fleurettes en dorure.

37 — Deux statuettes de bergers et bergères en ancienne porcelaine tendre émaillée blanc.

38 — Groupe en ancien biscuit de Sèvres : « Les Cymbales », provenant du surtout de Bacchus.

39 — Trois petits pots à crème. couverts, à pâte gaufrée, en ancienne porcelaine tendre de Mennecy, décor de fleurs en couleur.

40 — Tasse et soucoupe en ancienne porcelaine tendre de Sèvres : volatiles dans des paysages, sur fond blanc.

41 — Sucrier à poudre avec son couvercle sur plateau adhérent, en ancienne porcelaine de Paris décorée de fleurettes en couleurs.

42 — Tasse et soucoupe en ancienne porcelaine pâte tendre de Sèvres, décor à enroulement de ruban et feuillages fleuris.

43 — Assiette en ancienne porcelaine de Sèvres, pâte tendre, décor incomplet. *Service de la Du Barry*.

OBJETS VARIÉS

SCULPTURES

44 — Buste de bacchante en terre cuite.

45 — Deux bustes d'enfants en terre cuite. Commencement du xixᵉ siècle.

46 — Boite à couteaux en maroquin rouge doré au petit fer. xviiiᵉ siècle.

47 — Trois petits gobelets en verre rehaussé de dorure. Époque Louis XVI.

48 — Petite pagode en bois laqué et ajouré, décoré en dorure. Travail chinois.

49 — Parapluie, du temps de Louis XVI, recouvert en soie.

50 — Paire de chenets en cuivre ciselé à masque de femme. Époque Louis XIII.

51 — Autre paire de chenets Louis XIII, plus petits.

52 — Grand cadre en bois sculpté et doré, à coquilles, fronton mouvementé. Époque Régence.

PENDULES ANCIENNES

53 — Très importante pendule en bronze ciselé et doré. Le mouvement est surmonté d'un lion en bronze patiné, reposant sur une terrasse à rocailles et feuillages. Elle porte l'estampille de *Saint-Germain*. Sur le cadran se lit la marque : *Carte à Nevers*. Époque Louis XV. Elle repose sur un socle à musique rectangulaire, de forme mouvementée, en bois laqué noir, décoré de branchages fleuris et oiseaux en dorure. Il est enrichi de bronzes ciselés et dorés : chutes, agrafes, encadrement, moulures ornées et paniers fleuris.

54 — Cartel en bronze ciselé à rocailles feuillagées, avec figurine de chasseur. Époque Louis XV.

55 — Pendule en bronze ciselé, composée d'un cadran, marquant les jours et les quantièmes, surmonté d'une figure allégorique du Temps, et reposant sur une terrasse rectangulaire, offrant deux figures d'enfants guerriers et des trophées de drapeaux et attributs militaires. Contre-socle rectangulaire en bois noir, orné de palmes et rosaces en bronze. Époque Louis XVI.

56 — Pendule en marbre blanc, en forme d'autel antique triangulaire, renfermant le mouvement, sur une terrasse à trois degrés. A droite et à gauche, sont trois figures allégoriques, en bronze

patiné. Elle est agrémentée de moulures : têtes
de béliers, flamme, sphinx et frise en bronze
ciselé et doré. Le cadran porte la marque de :
Collin, Palais-Royal, n° 166. Fin du xviii° siècle.

57 — Pendule tout en bronze ciselé et doré, en
forme de vase, à piédouche et anses dragons,
surmontée d'une lampe antique. Epoque Empire.
(Cadran et mouvement modernes.)

MEUBLES ET SIÈGES
SIÈGES GARNIS EN TAPISSERIE

58 — Bureau dos d'âne en bois de placage, de
forme contournée, ouvrant à abattant et tiroirs.
Époque Louis XVI.

59 — Deux grandes vitrines, à deux portes, la partie supérieure vitrée. Elles sont faites de panneaux en ancien laque de Coromandel, à dé-
cors variés : paysages, ustensiles, attributs,
vases fleuris; bordure à carrelages, dragons,
personnages. Monture en palissandre.

60 — Meuble à hauteur d'appui, formant vitrine à
deux portes, en palissandre, enrichi de panneaux en ancien laque de Coromandel, à
fleurs, arabesques. Dessus de marbre.

61 — Meuble d'entre-deux à hauteur d'appui, ouvrant à deux portes, il est composé de quatre
panneaux, en ancien laque de Coromandel, à
décor de pagodes animées de personnages, ar-
bustes, rochers, fleurs et caractères; monture
en palissandre. Dessus de marbre.

62 — Écran en bois sculpté doré, de style Louis XVI,
avec feuille faite d'un panneau en ancien
laque de Coromandel, à décor de paysages avec
personnages.

63 — Meubles d'entre-deux à hauteur d'appui, ouvrant à une porte, en acajou mouluré, orné de baguettes de cuivre. Il est orné de panneaux décorés au vernis, à sujets mythologiques et fleurs. Dessus de marbre. Style Louis XVI.

64 — Paravent peint à six feuilles : arabesques et bordure à fleurs. Époque Louis XVI.

65 — Deux grands fauteuils en bois sculpté doré, de style Louis XVI, recouverts d'ancienne tapisserie d'Aubusson, décor à vases de fleurs.

66 — Fauteuil en bois sculpté, d'époque Louis XV. Il est garni d'ancienne tapisserie au point : branchages de fleurs et oiseaux au siège ; et sujet mythologique à deux personnages au dossier. Contre-fond blanc.

67 — Autre fauteuil, d'époque Louis XV, en bois semblable au précédent, recouvert d'ancienne tapisserie au point, décor à fleurs au siège et au dossier, sur fond jaune.

68 — Autre, d'époque Louis XV, bois semblable aux précédents, recouvert de damas rouge.

69 — Deux fauteuils en bois sculpté, d'époque Louis XV. Ils sont garnis aux sièges et aux dossiers d'ancienne tapisserie au point. Décor de feuillages et arabesques aux sièges ; et figures de femmes aux dossiers. Contre-fond jaune.

70 — Fauteuil en bois sculpté, de forme contournée. Époque Louis XV.

71 — Fauteuil, de forme mouvementée, en bois sculpté, de l'époque Louis XV. Il est garni au siège et au dossier d'ancienne tapisserie au point, à décor d'oiseaux et fleurs.

72 — Quatre tabourets en bois sculpté, ciré et doré, garnis de tapisserie au point et de velours.

73 — Chaise en bois sculpté, de forme contournée, décor de fleurettes et palmes. Époque Louis XV. Recouverte de damas rouge.

TAPISSERIES ANCIENNES
TAPIS D'ORIENT, ÉTOFFES

71 à 76 — Suite de trois tapisseries rectangulaires
d'Aubusson, représentant des paysages avec
habitations animés de personnages, et animaux,
rivières et barques. Elles sont encadrées de
bordures à coquilles simulant un cadre ; sur
trois côtés. XVIIIe siècle.

> Haut., 2 m. 60 cent.; larg., 3 m. 10 cent.
> Haut., 2 m. 60 cent.; larg., 4 m. 45 cent.
> Haut., 2 m. 60 cent.; larg., 1 m. 55 cent.

77 — Feuille d'écran rectangulaire en ancienne
tapisserie au point, décorée d'oiseaux, paon,
perroquet, phénix, et d'un sujet : le Renard et
la Cigogne; encadrement d'arabesques fleuries.
Époque Régence.

78 — Garniture de fauteuil (siège et dossier) et un
bandeau en deux morceaux en ancienne tapisserie au point.

79 — Garniture de canapé (siège et dossier) en
tapisserie au point, à décor de paysages en couleurs, animés de personnages et animaux, sur
fond noir.

80 — Fragment de bordure en ancienne tapisserie
des Flandres du XVIIe siècle, à motifs de fruits,
fleurs, feuillages et perroquet.

81 — Lot de six coussins, garnis d'étoffes anciennes
et modernes.

82 — Grand tapis de table en soie grise, brochée de
fleurs ton sur ton.

83 — Panneau de damas à grands feuillages rouges
sur fond blanc.

84 — Deux panneaux d'étoffe de couleur crème,
tissée de motifs en soie verte.

85 — Panneau en soie blanche brochée de fleurs en
couleurs.

86 — Lot de dix pièces d'étoffes, velours et soie, bro-
dées de soie et métal : armoiries, bandes, frag-
ments, etc., du XVIIe siècle.

87 — Deux bandes verticales en broderie de soie et
métal, ornées chacune de deux figures de saints.
XVIe siècle.

88 — Un fort lot d'étoffes anciennes. (Sera divisé.)

89 — Lot d'ancien cuir de Cordoue.

90 — Panneau en damas rouge.

91 — Tapis-galerie d'Orient, arabesques sur fond
bleu. Bordures d'encadrement fond rouge.

Long., 4 m. 30 cent.; larg., 97 cent.

92 à 96 — Cinq carpettes ou chemins d'Orient. (Se-
ront divisés.)

97 — Objets omis.